인연의 징검다리

인연의 징검다리

유중관 제4시집

도서
출판 책나라

■ 시인의 말

삶은 고달프고 힘든다
모두 욕망 때문이다
독자들을 의식하지 않을 수 없어
고개를 끄덕이는 모습을 생각하며
시간 가는 줄 모르고 고민했다
매미의 생을 닮은 시인들
애벌레로 5~6년 동안 땅속에서
인고의 시간들을 세상 밖에 내보낸다
네 번째 시집이다
《신문예》지은경 총회장님,
하옥이 책나라 대표님,
신문예문학회 회원님들,
이목회 회원님들께도 감사의 말씀을 드린다
코로나 창궐로 마음고생 많았던 나날들
모두에게 건강과 안녕하시기를 기원드린다.

2022년 5월에
유 중 관

| 차 례 |

시인의 말

2부 생명을 줍다

4부 지금부터

1부

오늘이 주는 세상

단양 아틀리에

단양 삼선구곡* 아틀리**에 입장한다
대관료는 남녀노소 모두 무료다
소백산과 남한강이 어우러진 자연경관
바람과 물이 만든 천혜의 절경
오늘 신선이 되어 여기서 놀아보련다

하선암에서 부르는 소리 크다
백여 척이나 되는 하얀 마당바위
그 뒤 부처바위에서 퍼지는 물소리
발을 벗고 마음까지 담근다

선남선녀 도란도란 웃음 씻는 소리
여기가 바로 무릉도원이다

 * 삼선구곡: 신선들이 노닐고 간 자리라는 뜻
    상선암 중선암 하선암을 잇는 계곡을 말한다
** 아틀리에[atelier 프]: 스튜디오, 화실

꽃자리

오늘 한파주의보가 발령되었다
"가급적 외출을 삼가는 것이 좋겠습니다"
기상청 예보가 있었지만
긴히 약속된 것을 어찌 피하랴
방풍 보온성 옷으로 완전무장하고 나왔다
윙윙 휘몰아치는 강풍에 몸은
낙엽처럼 데굴데굴 굴러가는 것 같은데
체면과 점잔이 목숨보다 중하랴

한 세월 어우러져 살았던
산소 같은 친구들
오랜만에 만나
따뜻한 손으로 만져주니
따라오던 추위는 멋쩍어 달아나고
동심으로 돌아가 웃는
동그란 웃음이
행복한 꽃자리를 만든다

당신의 체취

오랜 시간 병상에 누워있던
곰살맞은 친구의 전화
그냥저냥 해서 퇴원했다며
날짜 받아 점심을 같이하잔다

그 날이 엊그제 같은데
오늘 아침에 돌연 심장마비로
생명의 끈을 놓았다는 전화
그게 무슨 소리야!
이런 일도 있는가
어쩌면 좋으냐

날짜 받아
점심 같이하자던 그 약속은?
그날을 손꼽아 설레임으로
기다리고 있었는데…
긴 이별이 웬 말인가
그리움을 켜켜이 쌓아두고
어쩌란 말인가

멍든 가슴만큼이나 아리고
나의 한 팔을 잃어버렸다

눈을 감으면
그대와 같이했던 시간들이
아스라이 떠올라 목메인다
이제는 당신의 손때 당신의 체취
그 목소리 들을 수 없고
그 웃음 볼 수 없으니
아! 서럽고 슬프도다
장미꽃 이불 덮으시고
꽃상여 타고 잘 가세요

꼬마의 한마디

귀여운 손자의 손을 잡고
출렁다리를 건너는데 돌연
"조심하세요"
그 한마디에
귀를 의심하며 손자를 쳐다본다
생후 33개월 된 꼬마 녀석
예쁜 것이 더 예쁘게 보인다
뚜벅뚜벅 말을 시작하는 녀석
앎이 터진 어른스런 말
두려움을 알고 하는 말일까
발을 삐끗 미끄러지니까
"괜찮으세요?"
나를 놀라게 하는 손자 녀석
"아이는 어른의 아버지"
옛 시인의 말을 되새기면서
이제 다 컸다는 생각에
마음 뿌듯했다

물소리

펄펄 끓어오르는
뜨거운 햇살 피하려
녹음 짙은 계곡으로 들어선다

낮은 곳으로 흐르며
조잘조잘 물소리 내는 풍광이
한 폭의 산수화다

빛마저 초록을 불태우며
물속에서 몸을 꺾어
나도 두 발 담그며 더위 식힌다

어머니의 사랑

어머니의 안온한 품 안에서
애지중지 모성으로 성장한 사랑
코흘리개가 학교에 가면
손발이 되어 가방 챙기고
고사리 손잡고 같이 한다
웃음으로 얼려가며 온 정성 다해여
늘 잘 되기만을 기원한다
양산 통도사 법사 스님은
이 세상에 누가 가장 부자인가
이 세상에 누가 가장 가난한가
부모님이 살았을 때 가장 귀한 부자이고
부모님이 안 계시니 가장 궁한 자일세
어머니 살았을 땐 밝은 낮과 같더니만
어머니 안 계시니 해가 저문 밤과 같네
어머니 살았을 땐 마음 든든 가득하더니만
어머니 안 계시니 온 세상이 텅 비었네

여름이 다독인다

열대야, 폭염 경보

이열치열 무거운 짜증이
배낭 메라며 치근거린다

산 문턱 노송에 걸린 바람이
껄껄 웃으며 두 팔 벌린다

폭포수에 뱉은 녹음
둥둥 한 덩이의 수박으로
불구덩이 같은 햇살 지우니
탈속의 선경이 아니던가

긴 의자

고즈넉한 오솔길
잠든 숲을 깨우는 새들의 노래
숨차게 오르며 젖는다

땀은 건강의 자양분
오늘도 에너지를 만들기 위해
스틱을 짚고 산을 찾는다

벌써 지쳤는지 스틱마저 무거워
전망 좋은 자리에 놓인 검게 핀 버섯
긴 의자에 기대어 바라본다

풍상을 겪은 탓인지
거무데데한 의자엔
세월의 무게가 앉아 있다

그리고 새똥과 마른 잎사귀
벌레 먹은 열매들이 떨어져
엉거주춤 함께 앉아 있다

측은함이여

굴참나무 흔들리는 소리가
반려자를 잃은 여인의 통곡 소리로 들린다

우연찮게 산에서 만나 친구가 된 사람
남을 배려하고 심덕이 좋아서
어디를 가나 칭찬을 먹고 살던 사람
한때 희로애락을 같이 했던 분이
암으로 유명을 달리했다는 소식이 충격이다
아직은 아닌데
건강했던 분이었는데
개똥밭에 굴러도 이승이 좋다는 말
잊었는지 가슴이 저려온다
어찌된 일인지 내 주위의
좋은 사람들이 먼저 떠나는 것인지
목숨줄 빼앗은 어느 한 사람의 운명
가끔씩 사람들에게 회자 되는 그분
안타까운 마음에 화가나 산을 오른다

효자는 없어요

지하철 경로석
막 승차한 할아버지가
앞에 앉아 있는 할아버지를 보고
느닷없이 상기된 얼굴로
'효자는 없어요!' 말한다

생면부지의 사람들 앞에서
아들의 행동이 서운하고
생각할수록 괘씸했던지
참지 못한 분함이 넘쳐 일그러진라

옆에 앉아 있던 노인도 긍정하는 듯
고개를 끄덕끄덕 '맞아요' 맞장구친다
다음 역에서 이 노인이 내리니
서 있던 노인이 그 자리에 앉으면서
'우리가 죽으면 효자라는 말도 없어질 겁니다'
늙어가는 낙엽 자글자글 밟히는 연민은
노인들의 공통분모인가?

효자 효녀라는 말은 우리가 자랄 때는
아버지 어머니 지극정성 모셨는데
지금 핵 사회로 변하면서
친형제가 사촌보다 못한 사이로
앞날의 우리 사회가 어떻게 될 것인지

아버지 어머니는 자식들을
영원한 채권자로 생각하고
밤을 지새우며 지극정성 돌보아 주었건만
기계화되어가는 사람들의 등 뒤에서는
배울 것이 없으니 어쩌랴
내가 모범을 보여야 대접을 받는다는 것을

훨훨 날아서

너 나 가리지 않고
사람이면 피하고 싶은 괴물
코로나19 바이러스 누구도 피할 수 없어
자유를 구속하며 고독으로 몬다
봄 햇살이 완연한 오늘같이 좋은 날
옥죄인 마음에 햇살을 바르고파 차에 오른다
창밖의 모든 것들이 나를 환영하는 듯하다
콧노래를 부르며 도착한 곳은
은빛 물결 반짝이는 석모도 민머루 해수욕장
숨통이 탁 트이는 바다 얼마 만이냐
끊임없이 부서지는 파도의 소리
비릿한 바다 내음이 살갑다
모래 알갱이들을 밟으며
갈매기가 허공을 날 듯
내 몸도 깃털을 달고 가벼워진다

춘천 풍물시장

행복이란 가까운 사람과 함께할 때
하늘만큼 땅만큼 넓어진다

햇살이 엷어진 늦가을
이웃과 춘천 풍물시장으로 간다
고속도로 좌우로 펼쳐진 단풍들
보기만 해도 엔돌핀이 솟는다

풍물시장에는 너 나 할 것 없이
이고 지고 밀고 당기고
이곳저곳 엉덩이 걸치고
푸성귀 앞에 앉은 노점상의 촌로들
오가는 사람들에게 제 것 사주기를
눈으로 전하는 바램 역력하다

세상을 좀 더 구체적으로 엿보는
하루가 쉬이 넘어가고
시끌벅적한 곳에서 좋은 사람과 나누는
막걸리 한 잔이 큰 행복일 줄이야.

작은 것도 큰 받음

죽마고우의 동생 초청을 받고
약속 장소에 도착했다
가물거리는 어린 시절의 모습이
아직은 머물러 있었다
한 순배 두 순배 술잔을 기울이며
젊은 학창시절을 되돌려본다

내가 대학시험 치르러 서울에 올라왔을 때
어느 일요일 날 하숙집에 찾아와
나를 데리고 창경원 구경시켜 주었던 일이
큰 감동으로 남아있다
베푼 자는 전혀 기억이 없다고 말하지만
그 고마움 그 은혜를 생각하며
정중히 술 한 잔을 따루었다
먼저 서울에 올라왔으니
당연한 것처럼 말해 주었다
우리는 이런저런 옛 애기로 꽃을 피우며
만남의 시간이 아름다운 정원이 되고 있었다.

비를 내려주소서

40년 만의 가뭄
35도를 웃도는 더위 중에도
꽃을 피워낸 봉선화가
폐닭 벼슬처럼 고개를 수그리고 있다

철갑을 입은 소나무도 목이 타들어 가는지
싱싱한 초록빛을 잃어가고
송사리 떼들도 목이 말라
가쁜 숨 몰아쉬며 고인 물을 찾고 있다

오후 한나절
아스팔트 길을 걷는 사람들
어깨를 축 늘어뜨리고
빌딩 그림자를 밟으며
연신 하늘만 쳐다보며 걷는다

지렁이들도 갈증 났는지
길 위에 올라와 내리쬐는 열기에
시들시들 말라가 새들의 먹이가 된다

세계는 지금

세계는 코로나바이러스와 3차 전쟁 중이다
제1차, 제2차 대전은 국가 대 국가
사람과 사람의 전쟁이었다면
3차 대전은 코로나바이러스와의 전쟁이다
4차 산업혁명 시대를 맞이한 21세기인 지금에도
바이러스는 여전히 강하게 활개를 치고 있다

이목구비도 없는 것이 전파력은 강해서
순식간에 세상을 위협하고 있으니
코로나가 언제까지 전개될 것인지
우리의 관심은 종식에 가 있다

전 세계의 문제가 된 코로나 19
G7에 속하는 선진국은 더 창궐하는데
수시로 피해 상황을 보도하는 정부
가볍게 보고만 있어야 할 우리가 아니다

경제활동은 올스톱, 실업대란의 생계위협
거리 두기가 사람과 사람의 관계가 무너진다

어떠한 방법과 수단을 동원해서라도
막아야 한다는 것이 인류공동체의 임무이다
오늘 현재 섬멸할 수 있는 무기는 없으며
세계의 과학자들이 백신 개발에 총력 중
인간의 총동원 전술로라도 이겨야 한다

우리나라는 비교적 잘 대처하고 있다
위기 극복을 위하여 실시간 현황과
극복을 위한 지침을 발표하고 있으며
세계는 우리의 사례를 모범으로 수입하여
장비까지 대처하는 나라가 늘고 있으니
긍정적인 선진 시민으로서 자부심을 갖게 한다

인간의 인해전술에 잠시 잠복기에 들어간 듯
하나 방심할 단계는 아니다
대한민국은 이제 생활 속 방역체제로 전환
경제 살리기에 들어갔다

비정한 사람

사람이더냐
돈이더냐
칼바람 쌩쌩 부는 겨울날의 오전 11시

추위를 피하기 위해
약속한 밥집에 들어갔다
주방에 있던 아주머니가 급히 나와
반갑게 인사하는 줄 알았는데
매정하게 밖으로 나가라 손사래 친다

영업시간 전이라지만
영하의 날씨에 손님을 밖으로 나가라니
이런 무례한 사람이 있나 싶어
기분이 팽 돌아앉는다

이 식당에서 약속했으니 나갈 수도 없고
엉거주춤 자꾸 주인 눈치만 본다
돈밖에 모르는 괴물 같은 식당 주인
이후에는 그 식당에서 만나지 않았다

우중 산책

아침 6시 20분 TV를 트니
해남 대흥사가 나를 부른다
시원하고 감미로운 5월의 신록
우산으로 산책하는 지그재그 숲길
스님의 발걸음이 가볍다
길목에 핀 단아하고 청초한 영춘화
큰 절로 정중하게 인사하는 하얀 웃음
벌써 커서 꽃까지 피었구나
28년 전 내가 해남에 와 일하면서
휴일이면 가끔 찾았던 이곳에
내가 여기 와서 심었는데
그래 나도 주름살과 흰머리 이고 왔다
파스텔톤으로 채색된 계곡마다
나무와 물 빠져드는 내 마음의 행복
스님의 먼 손을 잡아본다

오늘이 주는 세상

오늘 할 일은 오늘 해야 한다
오늘 할 일을 뒤로 미루는 것은
그 일이 겁이 난다는 것이다
남이 해줄 수 있는 일이 아니라면
바로 처리하는 것이 현명하다
내일로 미루는 것은 게으름의 대명사
도움이 되는 일은 거의 없다
건강도 부지런한 사람을 좋아한다
부지런함은 땀이 따라온다
땀을 싫어하는 인간의 속성
좋은 열매를 거두는 땀의 속성
아침에 해야 할 일을 뒤로 미루면
저녁노을이 가까우면 후회가 밀려온다
오늘 일을 오늘 하지 않으면
일이 쌓이고 힘들면 병이 된다
아침에 피어나는 아지랑이꽃이
펼치는 파노라마 세상은
모든 재앙을 날려 보낸다

자연 예찬

땀을 흘리고 나면
평정을 찾는 흐뭇한 마음
좋은 공기와 시원한 바람
그리고 산의 고요가 주는
숲속의 안식처에서 힘을 얻는다

자연을 닮기 위한 마음
산 내음 맡으며 산이 되고
새소리의 운율에 새가 된다
산도 바람도 하늘도 나와 같이
좋은 공기 마시며 울울창창하다

자존심을 흠집 내는 망각

코로나19의 창궐로
젖먹이까지도 복면의 의무화로
미착용한 사람은 볼 수가 없다
위반 시는 과태료 10만 원 이상
뼛속까지 박힌 일상이 되어버렸다
약국에 가 약을 사려고
아무 생각 없이 나왔다
길만 건너면 약국인데
마스크 착용한 사람을 보고서야
아차 미착용 마스크
집으로 돌아가기도 어정쩡 한 거리
입을 가리고 길을 건넜다
약사는 손님들과 대화 중
마스크 미착용한 나를 보고
눈 한 번도 맞추지 않고
마스크 하나 주면서 마스크 하라고 명령했다
얼마나 무뢰한 사람으로 보았을까
가슴을 후벼 파는 듯 부끄러웠다

2부

생명을 줍다

인연의 징검다리

아침마다 스치는 뭇사람들
목례를 하며 하루를 연다
오늘도 덩저기* 큰 그분 거닐다가
나에게 다가와서 친절하게 손을 잡는다
"참, 손이 따뜻하네요, 건강한 사람은
피 순환이 잘 되어 따뜻하다던데 젊은 사람처럼
걸음도 빠르고 인자하신 인상이 편안합니다"
그 미소 그 온기에 사랑의 빛과 향기 깃들어
"감사합니다"
인연을 잇는 웃음을 주었지만
과연 내가 그런 사람인가
부끄러운 생각이 들었지만 나쁘지 않았다
스스로 자기를 잘 돌보고 관리하면
편한 얼굴이 깃들지 않을까

* 덩치가 큰 사람

혈관에 꽂은 생명선

간호사들의 발걸음 뜸해지는 삼경
침대 맡에 앉아 하얀 밤을 새우면
지난 세월의 체취가 시간에 묻어 흐른다

시계도 지쳐 천천히 째깍거리는 것 같고
나의 가슴을 후비며 파고드는 것은
나를 위해 젊음을 불태웠던 내밀한 향기

날을 새고 달을 지나
멀리 따라온 시름을 견디니
내일 퇴원하라는 의사의 한마디
오매구지寤寐求之라
흐뭇한 보약 같은 말씀 가슴마저 아려와
보름달 같은 웃음이 병상을 접는다

내일 퇴원하세요

화급을 다투는 구급차에
짐짝처럼 내던져진 짐 덩이 하나
의식마저 희미해져 가는
산소마스크의 환자를
지킴이로 같이한 나는
초조 불안 두려움으로 지켜봤다

응급실에 도착하여
바쁘게 움직이는
간호사들의 표정을 읽느라
따뜻한 가슴을 베풀어 주신
구급대원들에게 평범한 인사 한마디
나누지 못했다

죽음의 징후를 가득 바른
환자의 머리맡에는
조잡한 고전주가 세워지고
크고 작은 애자들이
거미줄처럼 주렁주렁 매달렸다

노요산

소요산은 노요산이라 부른다
역이 가까워지니 지하철에는
할머니 할아버지들뿐
70대 이하는 찾아볼 수가 없다
노요산이란 우스갯소리가 떠올랐다
노인들에겐 산책하기 안성맞춤인 나들이
유한 듯 강하고 강한 듯 유한 길
깨끗하고 맑은 공기를 가슴으로 마신다
모두는 얼굴에 내 천자
머리에는 하얀 눈 구부정한 허리
빨리 빨리는 잊은 지 오래다
천천히 발을 떼는 걸음걸이
어디를 간다고 가는 것인지
그래도 소요산이 제일 좋다고
찾아온 노인네들
노요산이란 이름이 정겹다

멋쟁이

동산에
검정 바둑판 원피스에
빨간 눈망울로 반짝이는
앳된 집토끼 한 마리
나를 보더니 살며시 숨는다

보고 또 보고
먹이를 주면 잘 받아먹는
얼굴 익히면서 친구가 된다

정이 깊은 친구
혼자 동산을 휘젓고 다니는데
이번 겨울을 어떻게 보내려나

메콩강 유람

티베트에서 발원하여
미얀마 라오스 타이 캄보디아 베트남을 거쳐
남중국해로 흐르는 길이가 4,020km 되는
황색의 넓은 캄보디아의 한강 메콩강에 올랐다
유람선은 아니다
이국의 태양에 손을 담근다

나무판자로 만들어진 나룻배는 돛대도 삿대도 없다
천으로 덮인 햇빛가리개 길게
여러 명이 앉는 나무의자는 구식화 된 폐물
낡은 엔진의 발동기는 통통통통
낭만적인 소리가 귓전을 울려 퍼질 때
메콩의 황색물이 역사를 쓴다

구정물로 채워진 더러운 메콩강과
너무 대비된 파란 하늘과 하얀 구름
흑백을 가려주는 이 시간 이 자리
추억은 탈색되지 않으리

모임 안내

한 달에 한 번씩 만나도
그 사이 동안의 일상이 궁금하여
만남의 이 날이 설렘이고
기다림을 준다

웃음 주며 반겨주니
행복하기 때문이다

건강한 웃음을 담뿍 담아서
예쁜 보따리에 채워
내일의 길이 되고
모래의 힘을 보태니
힘찬 발걸음이 건강을 부른다

봄꽃

어제 물을 줄 때는
꽃잎이 보이지 않았다

문틈으로 햇볕이 꽂히자
한껏 터뜨리는 꽃망울

베란다에서
겨울을 잘 견딘 작은 거인
향기로 보답해준다

봄의 자리

아침 햇살이 어둠을 밀어낸다
화사한 미소로 다가온 햇살
내 몸을 감쌀 때 봄은 곁에 있었다

살을 도려내는 듯 찬바람 견디며
겨울을 버티어낸 나뭇가지마다
파랗게 잎을 틔우고 있다

실개천에 흐르는 소리
봄이 움트는 소리에
지그시 눈을 감고 시를 읊조린다

비둘기 할머니

이른 아침 산책길을 나선다
어린이 놀이터에서
평소 보지 못했던 비둘기 떼를 본다

두런거리며 먹이를 챙기는 바른 예의
한 알 두 알 먹을 때마다
고개 숙여 인사하는 비둘기 떼
그곳에서 모이 주는 할머니를 본다

새들은 어떻게 알고 찾아오는 것일까
눈으로? 냄새로?
분명 할머니를 알아보는 것 같았다

작은 키에 뒤뚱거리며 걸어가는 할머니
삶의 여백을 비둘기 모이 주는 것으로
외로움을 달래는 자애로운 일상

생명을 줍다

아파트 입구 언저리에
방치된 생명 하나
늙고 병들면 저렇게 버려지나

으깨어진 호접란 가녀스럽다
가져다가 10여 일 정성 들이니
밑동에서 올라오는 작은 생명

어떤 색깔 어떤 모습으로
우리에게 얼굴을 보여줄지
하루하루 설레이는 마음

송년 등산

눈이 많이 내린다는 예보에도
회원들의 성화로 산을 찾았다

통보는 적중
서울의 첫눈은
대설이었다

온 세상을
순백으로 뒤덮은 숫눈*
함함한** 순환로

나뭇가지마다 다발로 핀 눈꽃 송이
티끌 하나 없는 세상
수런거리며*** 굼뜬 발걸음
뽀드득 발자국 만들며 걸어간다
순박한 그리움 낭만이 소복소복

   * 건드리지 않고 쌓인 채로 있는 것
  ** 털이 부드럽고 윤이 나다
*** 동작이 둔하고 느리다

외로운 날엔

곧 터질 것 같은
외롭고 쓸쓸한 날
새로운 길을 찾으면
살랑살랑 불어오는 바람이
웃음으로 반기며 길 안내를 한다

몰랐던 일들이
옆구리를 쿡쿡 찌르며
뻥튀기 쏟아지듯 터져 나오는
시를 쓰기에 알맞은 날이다

사는 일들이 하늘을 바라보며
박장대소 눈 녹듯 풀리며
사람 사는 방법을 깨닫는다

입맛

살기 위해서는 먹어야 산다
삶의 길섶에서 알게 모르게
내부에서 자라난 독버섯

병마와 싸우려면
잘 먹고 힘을 길러야 한다
힘의 원천은 먹는 것인데
입맛이 없으면 먹을 수 없다

약도 먹어야 할 텐데
이것저것 눈으로 쇼핑하다 보면
입맛을 당기는 것이 있으리라
그것으로 건강을 챙겨야 한다

자존심을 건드리는 한 마디

지하철 경로석 앞에 서 있는
등산복 차림의 건장한 부인들
오손도손 주고받는 말에는
지성미까지 있어 보였다

앉았던 노인네들이 다음 역에서 하차하자
"우리 여기 앉자" 한 사람은
발만스럽게 따라 앉는데
한 사람은 "아니야 나 괜찮아"

누가 봐도
경로석에 앉기에는 서러워할 외모
둘은 서 있는 친구와 대화하면서
고개를 들지 못한다

승차하는 할아버지
그분들 앞에 다가가
"할머니들 어디까지 가시우?"

할머니라는 말에 슬쩍 쳐다보고
얼굴 붉히며 일어나 몸을 감춘다

겉은 모양새 좋고 멀쩡한데
내면은 변질된 음식처럼
인격에는 악취가 진동했으니
오늘 이것으로 큰 교훈이 되는

이렇게 좋을 수가

죽처럼 퍼져
몸져누운 것이 몇 해 더냐
오늘은 일어나서 창밖을 보며
밝은 햇살 시원한 바람
빈둥거리며 걷는 사람들 주시만 할 뿐
넘어질까 두려워서 나가지 못한다

장마가 그치니
아내의 몸을 일으켜 걷게 했다
한 발짝 한 발짝 나도 환자도 하나가 되어
궁색한 박자를 맞추며 걷는다

뒤뚱거리며 잘 걸었다
다녀와서 기분이 아주 좋단다
에베레스트 등정이 이보다 좋으랴

인생살이 별것이더냐

부르면 무조건 달려가리라
아름다운 마음이 모이는 곳
만나면 즐겁고 웃음을 만드는 자리

좋은 인연으로 만났으니
더 좋은 인연으로 가까워지며
서로 머리 맞대고 순리를 따르며
평지와 같은 마음으로 살아가는 것
우리의 바람이 아니더냐

가버린 시간들에 연연戀戀하지 말고
만남의 기쁨으로 우리 즐기며 살자

행복

멀리서 보이는 이정표
팻말을 향해 하염없이 걷는다

비가 내리고 바람 불어도
오직 성실과 인내로 걷는다

오늘을 잘 살기 위해
긍정으로 시작하고 감사로 마무리하니

사랑으로 완성되는 날들
내 안에 행복이 가득 차오른다

정기 건강검진 유감

몸이 아파 병원에 가야 하는데
천둥 번개와 폭우가 쏟아져
갈 수도 안갈 수도 없는 상황이다
예약된 날짜이니 집을 나섰다
우산은 쓰나 마나 무용지물
병원에 도착한 비 맞은 장닭은
의사와 면담하고 돌아왔다
갑자기 재채기와 더불어
콜록콜록 온종일 기침 불청객
한기까지 들며 감기에 걸렸다
병 고치려 병원에 갔다가
병 걸려 몹시 앓았다

중앙선을 지키라

도로에는 중앙선이 있다
운전할 때 넘지 말라는 엄중 경고선
지키지 않을 때는 대형사고의 위험
필히 지켜야 할 서로의 약속이다

앞차가 중앙선을 침범할 때는
졸음운전 또는 음주운전으로 간주
뒤를 따를 때는 안전거리 확보하면서
클랙슨을 울려 경고음을 줘야 한다

우리 인간관계에도 중앙선이 있다
암묵으로 서로 지켜야 할 것 지켜야
아름다운 세상 살맛나는 인생 아닌가

3부

마음과 얼굴

가을이

여름 내내
자지러지게 울던 매미소리 사라지고
아침저녁 쌀쌀하여 긴 옷을 입으니
가을인가 보다

깔끔한 가을볕이 좋아
즐거운 맘으로 거리에 나오니
튼실한 국화들이 보기 좋게 진열되어
가을이 푼푼하다*

이슬 맞으며 피우는 국화꽃
이뻐서 조심스레 쓰다듬으면
수줍은 듯 배시시 미소짓는 모습
아, 여름이 가고 가을이구나

* 모자람이 없이 넉넉하다

거울 앞에서

거울 속의 낯선 얼굴
용골* 삭은 뼈마디마다
기력이 쇠잔해지고 있는
탈색한 얼굴은 누구신가

노력으로 되돌릴 수 없는
젊은 날의 생기는 어디 갔나
행복한 노년이 되기 위해
거울아 거울아 어떻게 하지

아침 이슬에 세수하고
굽은 허리 반듯하게 펴며
다시 거울에게 묻는다
이만하면 괜찮지?

* 선박의 바닥 중앙을 이물 [뱃머리]에서 고물[배의 뒤쪽]로
  뻗어 선체를 버티는 길고 큰 재목

겨울의 전령

펄펄 내리는 하얀 눈
오돌오돌한 추위에도
아이들은 깔깔거리며
눈사람을 만들고
눈싸움을 하며
추위에도 아랑곳하지 않고
소리소리 지르며
재미있게 잘도 논다

그래 나도 저런 시절이 있었나?
너무 멀리 와서 잊어버린 듯
빙그레 웃으면서 보고 또 보고

궁둥이의 무게

바람이 잔잔한 날
봄 햇살이 창을 넘어와
언 가슴 녹인다

움직이게 하는 것은
튼튼한 다리가 필수적인데
세월에 짓눌려 가늘어진 다리

마음은 젊어도 쉽게 일어나지 못하고
다른 사람에게 의지해야 하는 신세
한숨 섞인 한마디는
엉덩이가 이토록 무거울 줄이야

꽃샘추위

엊그제 입은 옷이 무거워
가벼운 옷차림으로 나갔는데

매섭게 몰아치는 찬바람
옷깃 사이 솔솔 들어오는
바람 막을 길 없다

너무 성급했나
빠른 걸음으로 되돌아간다

욜로 인생

이른 아침
나를 반기는 산새들

어둠을 따돌린
햇님이 환하게 웃으며
내 손을 잡아준다

세상을 살다 보니
음지가 양지 되고
양지가 음지 되니
매사 정으로 살아야겠다

그것이 인생이요 삶인 것을
따사로운 맘으로 손을 호호 불며
후회 없는 욜로* 인생 재미나게

* You only live once!(yolo) 인생은 단 한 번뿐

독서

읽어야 할 책은 많은데
조금 읽으면 눈이 아파
잠깐 쉬었다가 다시 보면
앞에 읽은 글을 다시 찾아야 하니
여간 번거로운 것이 아니다

그래서 책을 읽는 것도
그래서 글을 쓰는 것도
능률이 몸처럼 느려서
나이를 실감하는 순간마다
안티에이징* 에센스라도 바를까

* 노화를 늦추게 하는

못 말리는 산 사나이

비 내리는 날
태풍이 몰려온다는
기상캐스터의 경고성 통보를 듣는다

짊어진 배낭을
내려놓을까 말까
갈등을 일으키다가

그래
산은 언제나 나를 기다리고 있어

별일도 아닌 것에 잠시 잠깐
혼란했던 순간이 나이 탓이란 말인가

친구들과 중식을 하기로 하고
혼자서 피식 웃는다

벚꽃 축제

디지털시대에 사는 우리
축복받은 세상
손가락 끝으로 톡톡 건드리기만 하면
내가 원하는 세상을 다 볼 수 있다

무엇이든 원하는 대로 검색하면
초고속 정보를 통해 모여든 사람들
벚꽃 나들이 나온 사람들은
빠른 통신망 덕분일 것이다

벚꽃들이 벌 나비까지 초청하여
시끌벅적 잔치가 벌어진다

봄나물

봄 언덕에 오르니
살랑살랑 부는 바람이 나를 반긴다

초록이 너울너울
보릿고개 가난을 대체했던 음식

가난한 시절
절실했던 동경의 나물

나무는 홀로

젊음으로 빛나던 나날들
거친 세월을 보내다 보니
고왔던 얼굴엔 잔주름이 생기고
영과 육은 무기력해져 버렸다

한 세상 사는 것은 마찬가지
내 삶의 길섶에서
시름시름 병으로 앓다가
세월의 무게를 견디지 못한 채
하루의 시작과 끝을 생각한다

언제 또 오려나

쾌청한 봄날
전개되는 자연의 새로움에
눈을 크게 뜬다

'언제 또 오겠어!'
장삼이사들이 별 의미 없이 주고받는 말
그런데 이 말을 깊이 생각하면
시간과 공간을 두루 포함한다

시간의 무게가 실리면
살아서 다시는 못 온다는 곳

노후의 길에 접어든 사람은
'언제 또 오겠어!'
마지막을 연관시킨다

마음과 얼굴

지하철에서 내리기 위하여
출구 쪽으로 다가서는데
친구로 보이는 두 분이
다정하게 담소를 나누다가
경쟁이라도 하듯 서로
벌떡 일어나서 앉으시라고 권한다

얼굴이 예쁘고
하는 행동도 예쁘니
마냥 이쁘게만 보였다

"여기에서 내릴 겁니다"
환하게 웃으며
"고마워요"

향기 짙은 품성 타고난 것이겠지
그들의 얼굴은 면경 지수와 같이 맑았으니
예쁜 사람은 마음까지 곱다

살맛난다

환자가 몸져누워 있을 때는
일거수일투족을 지켜보며
눈을 뗄 수가 없어
불안 초조가 일상이었지

날이 가고 달이 가면서
아내의 병이 많이 호전되어
요사이는 잠시 움직일 수 있게 되었다

본인의 굳은 의지에 감사하고
조금 더 욕심을 부린다면
나의 의지대로 평상시처럼
자유롭게 그 옛날로 돌아오면

우애友愛

돌연 나고 자란 고향 생각난다
햇살처럼 포근한 어머니의 사랑주머니
영정사진을 꺼내어 육성 테이프를 듣는다

형제간의 정애情愛
동서同壻 간에는 간극間隙을 두지 말고
허심탄회虛心坦懷하라
천륜天倫의 당위성이고
백 번 들어도 실증이 없다

어머님의 말씀을 행동으로 실천하신
돌아가신 형님이 떠오른다
수간초옥數間草屋에서 가난에 시달리면서도
없는 것을 나누며 동생들과 살을 맞대고
아기자기한 잔정을 토하며
우애의 행복을 구가했다
어머니! 형님! 크게 한 번 불러본다

월미공원 산책길

바다로 둘러싸인 천혜의 자연
월미공원에 찾아오니
봄기운 받아 힘이 솟는다

화려한 치장을 한 벚꽃 향기 맡으며
웃음 가득한 온종일
봄을 품고 쿵쾅거리는 심장
굽은 길의 삶을 디자인해본다

꽃이 지나간 자리마다
조막손 같은 여린 순들
바다 향기와 벚꽃의 향기가
그윽한 산책길에는
봄 햇살로 가득 채운다

한라산에 다녀와서

크고 작은 많은 산 올랐으나
명산 한라산을 오르지 못한
큰 아쉬움으로 남아있다
인천 연안 부두 터미널로 갔다
일행 아닌 등산복 차림의 사람들이
도란도란 즐거움을 앞당긴다
배는 출항하고 승선한 승객들은 편히 누워
내일을 위한 에너지 충전이 시작된다
성판악 휴게소에서 오르는 길은
풍요로운 녹음으로 덮인 숲길로 완만하다
들쑥날쑥 끝없이 이어지는 삼다의 돌길
부담스러우나 자연의 소리를 경청하면서
정상의 조망이 발길을 재촉한다
아슴한 고갯길 사라약수터에서 목을 축이고
지천으로 깔린 하얀 무늬의 조릿대가
해맑게 웃으며 힘든 산행을 위로한다
돌부리에 차여가며 숱한 역경을 딛고
각개약진 오르기를 1시간
비 오듯 흐르는 땀 진달래 대피소에 도착한다

삼삼오오 그룹으로 앉은 많은 사람들
굵은 땀방울 닦으면서 지쳐 바닥난 체력
시원한 바람에 재충전한다
구비구비 되풀이하며 오르던 정상 50m 앞
급경사의 나무계단이 내 발목을 잡는다
초죽음이다 정상에는 구름떼처럼 몰려있는
앞선 자들의 움직임과 웃음소리
한 발짝 두 발짝 앞으로 인내를 거듭한다
드디어 한라산 정상 백록담
마음에 담았던 전설 속의 백록담
한바탕 불어오는 세찬 바람에 피로를 푼다

황토마을*

이웃이 좋고 나들이가 좋아
천둥 번개 예보에도 아랑곳없이
설레임으로 오염된 서울을 빠져나왔다

봄눈 녹듯 길에서
시간이 솔솔 새어나간다
급할 것 없다
느긋함, 이것이 나들이이다

하늘에는 목화송이 같은
하얀 뭉게구름이 두둥실 흐르고
은은한 숲 향기, 흙냄새 가득한
향토마을에 도착해 여장을 풀었다

멀리 높게, 희미하게 하늘로 치솟은
해밍산 중턱의 비밀을 감싸고 있는
검은 구름이 비를 예고하고 있다

산 좋고 물 맑은 향토마을
바람이 키운 산과 울창한 숲과 꽃들
햇살 올올이 품은 옥정호
한없이 출렁이는 물결 속에
도시에서 상처 난 마음이 서서히 아문다

* 전북 정주시 산내면 종성리에 있는 마을

유월을 달리다

토요일 아침
서울을 빠져나가기 힘들다
어젯밤 설친 잠 졸음도 가다 서다
엇박자를 맞춘다
가뭄과 무더위를 안은 채
먼 산에 걸친 하얀 구름
비는 언제나 오려나

얼씬거리던 승용차 행방을 감추면서
차는 안단티노Andantino
비바체Vivace로 빨라지고
어느덧 밤골, 공주 땅에 이르니
비릿하면서도 묘한 향을 담은
잘 생기고 몸 좋은 남자 냄새가
과수댁 볼에 부끄럼 선전하다
탐욕스런 짐승의 꼬리 닮은 밤꽃
천연天然 벌꿀의 풍년 펼쳐지는 향연

4부

지금부터

3.1운동과 4.19혁명

기억하라
국권과 주권을 빼앗겼던 날들
말과 이름과 글자까지 빼앗겨
남녀노소 단결하여
일제에 저항했던 3.1독립운동의 정신

기억하라, 암울했던 시대에 굳세게 일어선 국민들
부정부패로 국민을 속이는 정권을 향해 항거했던
민주 자유 정의를 향한 4.19혁명을

미래를 짊어질 세대들이여!
2대 혁명 정신으로 평화통일 이룩하자
고구려의 땅 만주벌판까지
그날의 그 의미를 잊지 말라는 것을
나는 작은 독립운동이라 생각한다

4월의 봄

돌층계를 오르내릴 때는
안전에만 마음을 두었기 때문에
4월의 봄을 보지 못했다

점심을 먹으면서
창 너머 연두색 이파리들
가지마다 수다를 떠는 것 본다

깨물고 싶은 애기손 같은 이파리
간질이며 내 품으로 파고들고
찰랑찰랑 물장난을 즐기는 새들도 귀엽다

깔판 깔고 너럭바위에 앉아서
새들이 물장난을 즐기는 모습
천진스런 자연의 웃음일 것이다

거울에 비추어진 나

좋은 얼굴은
인생의 가장 고귀한 예술품이요
그 사람의 성품이 보인다

단정하게 몸을 추스르는 것
또한 예의인지라
깨끗하고 밝은 표정은 인간관계에서
알파요 오메가다

나는 오늘 많은 사람들 앞에 서게 되어 있어서
좋게 보이려고 이발 단정하게 하고
나름대로 깔맞춤에 거울 앞에 섰다
밤송이에 된서리 푸석푸석한 얼굴
이마에 흘러가는 물결
녹슨 세월의 집성촌이 되어 있어
거울을 밀치고 말았다

건강을 위하여

오늘의 산책길은
코로나로 물들어 있다
오고 비껴가는 사람들
알아볼 수 없을 정도로 복면으로 스쳐간다

거리두기의자 운동기구
그늘 집도 감염될까 봐
테프로 감기고 코로나의 위험을 알린다

하지 말라는 일을
찾아서 하는 골통들이 있지
경고음을 자기는 예외인 양
철면피 족 거기에서 몸을 돌린다

그런 사람이 하나둘 있기 마련
시도 때도 없이 많은 사람들이
찾아드는 건강길 무장애길이다

챙기기

푸르던 모습이
시들시들 얼룩지고
어제도 오늘도
고단한 육신으로 뒤척인다

가족 중 하나가 누우면
모두가 환자가 되고
수발하는 엄니가 되고 반 의사가 된다

건강한 나무로 성장하려면
햇살과 물, 바람과 손을 잡아야 한다

우리의 삶이 기쁘고 행복하려면
건강을 위해 오늘도 내일도 헛둘 헛둘

누구세요?

세월의 변덕도 모르고
젊다고만 살아왔는데
돌연 거울 앞에 섰더니
아픈 세월 사연들이
얼기설기 누비처럼 소리 없이 흩날린다

머리에는 하얀 눈이 내리고
얼굴과 목에는 늙은 상목橡木의 깊은 골
젊음은 뒤로 뒤로 도망가고
속절없이 참 많이 왔구나

잘 하고 계십니다

사람이 살아가면서
어찌 하고 싶은 일만 하랴
인간사 뒤웅박이라
피해야 할 병원 어쩔 수 없이 찾아간다

통원 후
치료 경과를 확인하기 위한
예약일이 가까워지면
진행결과에 대한 불안이
해머보다 더 무거워진다

의사 면담 시
토끼 귀 세우듯 쫑긋하여
'잘 하고 계십니다'
그 한마디에 불안 초조가 불똥 튀듯
날아가 흥걸 노래, 얼씨구

어디에서

어려서 이웃하며 살면서
이름 세자 부르며 외로움을 달래던 죽마고우
돌연 생각나서 다시 이름 불러본다

갈 길이 달라 서로 떠나면서
내 일에 치우쳐 잊고 살았던 친구
지금 어디에 살고 있을까?
지금 당장 보고 싶다, 만나고 싶다

친구도 나의 행방을 찾고 있을까
찾고 있겠지 하는 믿음 아래
고향이 그리워지는 세월만 짙어진다
어려서 같이 했던 시간들 하루빨리
그림자 지워지기 전에 어서…

지금부터

어제가 없는 오늘을 붙잡고
시간 낭비하지 말자
내일이 온다는 기약으로
하늘 한번 보고 웃어보자

오늘 그림자를 살펴보는 날
범사에 감사하고 베풀며
섬김의 마음으로 살면
마음이 든든해지는 것을

지하철 대합실에서

생면부지의 노신사
내 옆에 앉으며 다짜고짜로 묻는다
"치매 검사 받아보았습니까?"
내가 벌써 저력지재樗櫟之材로 보였나
그를 멍하니 쳐다보며
"××년 생인데, 아침에 일어나면
아침인지 저녁인지 구분이 안 되요
의사는 괜찮다고 하는데…"
나의 표정을 살피면서 대답이 듣고 싶어
자기 연식의 허약함을 호소한다
자주 회자 되는 치매의 비극 역지사지로 웃으며
"괜찮습니다, 그럴 때가 있지요
의식하지 마시고 편히 사세요"
위안을 해주니 받아들이는 듯 웃으며 일어난다
온종일 불안한 노년 행복한 노년을 생각한다

지혜로운 삶

우리 사회는
속도의 시대요, 경쟁의 시대다
부지런해야 살아남는다
과거는 지나가 버린 오늘이다
지나가 버린 오늘에 집착하면
낡은 것으로부터 헤어나지 못한다

고인 물은 썩기 마련이고
구식화된 물건은 자리만 차지한다
내가 바뀔 때 인생은 바뀐다
모든 변화는 저항을 받는다
변화에 적응하여 최선을 다하고
앞으로의 일에 멋있고 값있는 구상에
많은 시간을 할애해야 한다
이것이 지혜로운 삶이다

짝사랑

지난날이 생각난다
당신의 인품이 고고하여
장삼이사와는 다르리라 생각했다

활짝 웃으며 내놓는 허심탄회한 마음까지
같이 걷다가 웃으며 걸어가다가

어느 날 갑자기 끼어드는 매체가 크게 보였나
웃음으로 바꾸는 배신

세월 속에서 흔히 보고 겪는 일
알면서도 당하는 우리의 일상

간 쓸개까지 다 주다가 실망이 더 크기 전에
빨리 체득한 마음 정리하는 보따리

토막잠

사람은 관계 안에서
존재하고
어렵고 고통스러움은
삶과 동행 한다

가벼워야 할 노년의 삶
어느새 허리 휘고
머리에 찬 서리 내리고
내 모습이 아닌 다른 모습으로…

나잇살 병살이 다리심을 빼앗아
이제는 발걸침으로 의지하는
일거수 일투족
내가 힘을 실어주어야 했다

초록의 싱싱한 나이에 만나
어찌 순탄한 길만 있었으랴
그래도 마지막으로 떠오르는 얼굴은
와병에 시달린 비익조比翼鳥*

시간을 같이하면서
가장 벅찬 것은
이신二身이 일신一身이 되어야 하기에
어둠 고리 잠들 때
토막잠이 가장 벅찼다

* 상상의 새, 암수의 눈과 날개가 하나씩이어서 짝을 지어야
  만 날 수 있다고 함

하루치의 즐거움

뒤숭숭한 마음
좋은 하루 만들기 위하여
배낭을 메고 나왔다
출근하는 사람들
비좁은 틈바구니
눈치가 보이지만 어떠랴
생활이 다른 것을

지하철에서 내려
건널목에 이르니
알록달록 예쁜 사람꽃들
행복의 파랑새를 주고받으며
하루치의 즐거움을 당겨서
참새처럼 조잘거린다

등산로에 들어서니
청류계곡의 물소리 청아하고
몸을 숙여 절하는 노송
햇살 가득 바르고

흔들흔들 춤을 추며
손을 잡아준다

산에 취해 물에 취해
휘파람 불며 정든 사람들과
산을 음미해 가면서
여유롭게 흙을 밟으니
어머니 가슴처럼
부드러운 기분 상쾌하다

찾다가 보면

잘 자고 일어나니 몸이 가벼웠다
새벽 4시 50분
알전구 흐린 외등에
빗줄기는 세차다

다시 잠을 청할까
우산을 들고 나갈까
이른 시간 비도 내리니
명분 없는 구실

건강 지키기를 바란다면
어찌 눈비를 가리랴
건강은 몸과 마음을 다지는 것
다른 대신이 있을 수가 없다

함박눈

신새벽, 패딩에 털목도리
마스크에 모자까지 완전무장하고
어둠의 장막을 뚫으며 부지런 떤다

밤새 요정이 만든 환한 세상
산 동네 지붕들도 하얗게
평화롭게 잠들어 있다

"펑펑"
"폭폭"
"치치폭폭"
눈 내리는 소리 기차 소리

귓문이 트이니
눈이 밝아지고
마음도 가볍다

고요한 밤 거룩한 밤 얼쑤
나이를 집에 두고 나왔다

행동

얼굴은 예뻐도
행동이 미우면
밉다

얼굴은 미워도
행동이 예쁘면
예쁘다

환상의 나래를 펴다

잠에서 일어나 커튼을 들추니
밤새 내린 많은 눈이
배낭을 메고 나오라 해서
설레임으로 관악산을 찾았다

눈 덮인 은백의 대지를
마음껏 애무하며 앞사람의 발자국 따라
사박사박 한가로이 걷노라면
하얀 마음이 두텁게 웃는다

큰 나무 작은 나무 관악산의 산경은 이미
두툼한 하얀 옷으로 갈아입고
사지를 늘어뜨리며
동화 속 설국으로 안내한다

끝까지 버티지 못하고
스치는 바람결에 털어버리고
아쉬워하면서 힘겹게
땀을 닦는다

금메달의 포효

전 세계인이 지켜보는 가운데
베이징에서 열린 22겨울올림픽
쇼트트렉 남자 1500m에서
금메달을 획득하고 태극기를
펄럭이며 하늘 높이 포효하는
늠름하고 당당한 황대헌의 모습
짜릿한 전율까지 일으키게 했다
대한민국에 처음 안겨주는 메달
본인은 물론
대한민국의 국위를 선양하는
큰 의미를 부여하는 것으로써
황대헌의 이름이 돋보인다

5부

計 계절의 여울목

가을의 빛깔

창문을 연다
높은 하늘을 뽐내는 가을
햇살에 색깔이 달리보인다
시간의 낡음일까

흐르는 시간도 퇴색되어
엷어진 햇살
무거운 더위에
살찌웠던 짙은 녹색의 이파리
쓸쓸하게 보이고
불어오는 바람에
어깨쭉지 내리고 가늘게 흔들린다

자지러지게 울던 매미 소리
쓸쓸하게 들리는 것은
웬일일까?

감동

우리는 서로
만남의 유기적인
관계 속에 살고 있다

그 일이 좋은 일이라는 것
그렇게 살아야 한다는 것을
알면서도 하지 않는 것
그래서 보통 사람들이다

당연히 해야 할 사람이
하지 않으면
비난을 받아 마땅하다

지나쳐도 될 사람이
자기를 희생하면서
행동으로 옮기는 아우라*는
벅찬 감동을 받는다.

* 분위기, 어떤 인물이 가진 독특한 광채나 기운.

결혼식장

어려서 고향에서 같이 살았던 친척
손자 결혼 청첩장을 받으면서
마음이 고향 생각으로 달음질쳤다

예식장에 가면 알고 싶었던 것들
나 살았던 집은 그대로 있으며
지금 누가 살고 있을까

예식장을 찾아가니
주인공은 물론 혼주도 알 수가 없었으니
원친불여근린遠親不如近隣이란 말 실감했다

시골에서 지금 같이 살고 있다면
모두 잘 알 수 있는 친척이지만
많은 혼객들 속에 아는 이가 없었다

할아버지에 의해 혼주, 신랑, 친척들을 붙잡고
누구누구의 아들, 손자라고 소개를 하지만
다정함보다는 으레적인 인사

세월에 등 떠밀린 나이
그 무게가 너무 두터웠다

계절의 여울목

가뭄이 이어지던 날
단비가 아스팔트를 적신다

세차게 내리는 비가
노랗게 물든 단풍잎을 때리니

젖은 도로 위에 누우며
아파하는 은행잎들

저녁에 뚝 떨어진 기온에
쌩쌩 부는 바람에 옷깃을 여미며

포장마차의 뜨거운 홍합에
소주 한잔이 계절을 위로한다

고사목

산에 가면 곳곳마다
나무들 쓰러져 해골로 나뒹군다

진초록으로 있을 때는
이웃끼리 머리 맞대고
바람 잡아 고개 끄덕이며
서로 심지가 되어주었지만

천재天災, 인재人災로 사라진 생명들
영혼마저 까맣게 타들어간다

예전에는 검불 하나 볼 수 없었던 민둥산
생솔가지 꺾어다가
눈물 짜며 땔감으로 사용했는데

이제는 볼썽사나워 천덕꾸러기가 되고
산을 찾는 사람들에게 회자 되니
시대에 야윈 모습 쓰다듬어준다

고장 난 괘종시계

절대 놓쳐서는 아니 될
중요한 약속이었다
의례 이 시간이면 일어나지만
노파심에 괘종시계를
머리맡에 놓고
긴장을 풀고 편히 잤다

도둑맞으려면 개도 짖지 않는다더니
나의 일상에 고장이 난 것이다
괘종시계도 멈추어 있었으니…
믿는 도끼에 발등이 찍힌 것이다
이 일을 어쩌면 좋으랴
나의 운명으로 돌리는 수밖에

상처와 곡해

밝은 마음이 까만 숯덩이 된
허탈한 가슴속 정으로 달궈진
사랑해야 하는 삶
갈기갈기 찢긴 마음
기억하고 싶지 않은 일들이
헛구역질을 한다

그의 노염은 잠깐이요
그의 은총은 평생인 것을
미소 띤 얼굴 기억 속의 편견
망치로 사정없이 얻어맞은 못처럼
얼굴 없는 고달픈 영원의 안식처

따사로운 봄 햇살
분노로 솟구친다
밝은 생각 밝은 눈
희망으로 피어나
가슴마저 아려온다

괭이잠

생활이요 생명인 잠
포탄 속에서도
밀물처럼 몰려오는 잠은
피할 방법이 없다

하루의 일을 마치고
침상에 몸을 뉘었을 때
촉감 좋은 이불 속이 행복한데
영양가도 없는 잡념이
순서도 없이 몰려와 어지럽힌다

엎치락뒤치락
괭이잠*이다
건밤**일 때도 있다
주렁주렁 졸음을 매달고 일어난다

잘 자고 일어나면 기분이 좋고
몸도 가벼운데
단잠을 놓치면 온몸에 피로가 쌓이고

하루 종일 눈꺼풀이 짜증이다

옆 사람 단잠 깨울까 봐
숨소리까지 죽이며 일어나면
토끼 귀를 빌려오는지
"몇 시요?"
미안한 마음

 * 폭 자지 못하고 자주 깨면서 자는 잠.
** 자지 않고 뜬눈으로 새운 잠.

특별한 인사

햇볕과 찬바람과 나들이한 날
맞은편 가족 나들이로 보이는 사람들
어머니로 보이는 젊은 부인은
서너 살로 보이는 꼬맹이
두꺼운 점퍼를 입고
두꺼비처럼 뚜벅뚜벅 걸어가는
아들의 거동을 보살피며 뒤따랐다

꼬맹이가 느닷없이
생면부지의 내 앞에 와서
꽃잎 같은 입으로
"안녕하십니까?"하고
스튜어디스의 인사를 했다
가르치고 시켜서 할 것 같지 않은 나이
나는 어안이 벙벙했다
그의 어머니도 놀라는 기색으로
나와 아이를 번갈아 쳐다봤다
나는 허리 굽혀 큰 웃음으로
"어디에서 배웠니?"

내내 그 꼬마의 인사가
지워지지 않았다
카메라에 담았다면 좋았을 텐데
동방예의지국의 뿌리가 잠재돼 있는
대한민국의 동량이 될 꼬맹이
이것은 두고두고 회자되리라

그분의 맵시

우연히 산에서 만나
한때는 도란도란 이야기 주고받았던
중년의 아주머니들
개중에는 인상이 좋고
심덕이 장삼이사를 능가하여
칭찬을 먹고 사는 아주머니
이해인 수녀를 연상케 하는 그분
가끔 그분이 회자되기도 했었지

오늘, 그 일행들을 만났는데
들꽃 향기처럼 해맑은
그 아주머니가 보이지 않았다
암으로 유명을 달리했단다
아직도 아름다운 나이
왜 좋은 사람들이 먼저 떠나는 것일까
굴참나무 푸른 잎 흔들리는 소리가
울부짖는 통곡으로 들린다

꽃나무

겨울이 빨리 온 고지대
벌 나비 불러드리던 향기 짙은 꽃들
이제는 자취를 감추고
푸른 잎으로
여름을 향유하던 나무들
찬바람 이기지 못하고
날려버린다

잎으로 씨를 키운 열매들
이제는 제법 붉어져
건강미로 사람들의 눈을 유혹하던
많이 보아온 것들이지만
모처럼 나들이의 한가로움이
몽실몽실 탐나게
주렁주렁 매달린 열매들
처음 보는 양 샷 다를 터트리며
꽃나무라고 외친다

회귀回歸

인류문학회 시낭송회
화순 적벽 물염정에서
시객들
글 향 좋고 시풍 풍요로워
햇빛에 번쩍인다

끝나고
산수의 주변 경관이 빼어난 이곳에서
즐거움을 만끽하며 무르익은 담소 시간
도중 훔쳐낸 나의 회귀
정말 자신이 밉고 원망스러웠다

정 넘친 환대가 만들어준 행복한 시간
옆자리에서 좌석처럼 내 마음 잡아끄는 이의
조용한 배려
마음이 설레고 가슴 뛰는 뜨거운 눈망울
언제까지나 함께 하고픈 그 인연 잊지 않으리

오월은

컴퓨터 앞에 앉아
열심히 불을 지피고 있는데
비에 젖었는지 잘 타지 않는다
답답한 마음에 창문을 여니
달콤한 향기가 솔솔 실려온다
밖으로 나와 발밤발밤* 걷는다
온통 연둣빛 풀물
눈에도 마음에도 싱그러움 가득 담는다

길게 가지 드리운 이팝나무에
흰 쌀밥이 주렁주렁 뒤덮으며
풍요로우면서 섬세한 하얀 꽃술이 순결하다
이밥, 향기, 미모 3박자를 갖추어
신록과 잘 어울리는 흰 쌀밥나무 밑에는
할머니들이 앉아 희희낙락 돈 벌며
시간의 주름살을 펴는 여유 있는 삶을 본다

* 발길이 가는 대로 목표 없이 천천히 걷는 모양.

철철철 소리

어제는 종일 비가 내렸다
미세 먼지로 눈살을 찌푸렸던 사람들
아침을 맞이하여 심호흡을 내쉰다

둘레 길에 들어서니 천하를 다 얻은 듯한 마음
무엇이 나를 이렇게 좋게 만드는지
마음도 차분해지고 개운하다

계곡을 휘감아 철철철 흐르는 물소리
계절을 탈바꿈하여
연초록의 애기손들 여름향기 독촉한다

대지는 적당히 젖어있는 땅의 감촉
햇살, 바람, 산새들의 지저귐은
발걸음 가볍게 만든다

버릴 것 하나 없이 모두를 갖고 싶으니
바쁠 것도 없다
흥걸 노래 부르며 유유자적 웃음 나누며 걷는다

눈眼

흰 눈이 소록소록 내리는 날
충혈된 눈
안과에 찾아갔다

대지는 하얗게 도배한
눈雪구멍길 함함한 눈雪
숫눈길을 뽀드득 뽀드득 걷는다

핏발진 눈동자
금세라도 치유될 듯

* 구멍길; 눈이 많이 쌓인 길.
* 함함한; 털이 부드럽고 윤이 나다.

느림의 미학

오후, 뜨거운 햇볕이
몸과 마음을 늘어뜨려
발걸음을 붙잡는다

10m를 앞에 두고
신호등이 파란색으로 바뀌면서
사람들이 건너간다

바쁠 것도 없는데
이 신호등이 아니면 안 되는 양
헉헉대며 뛰어가서 겨우 건넌 나

심장이 방망이질로 숨이 차고
앞이 캄캄하여
전주를 붙잡고 한참 동안 헐떡인다

이런 일 없이 살았는데
일시에 나이가 겹친
삭아가는 삶이다

서둘지 말고 천천히
챙겨가며
황소걸음으로 살라고 한다

허상虛像

어둠이 남아있는 공원길
하늘 높이 길게 뻗은
메타세쿼이아 군락지
알몸으로 겨울을 보내니 더욱 높게 보인다

그 일우一隅에서
셋방살이로 뿌리내린 단풍나무 한그루
푸른, 빨강, 노랑 옷을 입고
오가는 많은 사람들에게 풍치를 제공해주었지

표피의 색깔은 피할 수 없어도
그 본질은 겨울에도 잎은 그대로 매단 채
가로등 불빛을 받아
멀리에서 보면 흡사 눈빛으로 보이니…

내가 왜 이러지

지하철 선반에 짐을 올려놓고
앉아서 책을 읽는다
선반의 짐이
가끔 집중력을 빼앗아 간다

어젯밤
설친 잠의 탓인지
피로 탓인지
졸면서 가끔씩 내릴 행방을 확인한다

내려서 에스컬레이터를 탔는데
어쩐지 낯설고 어색하다
잘못 내렸음을 알았을 때는
이미 차 문은 닫히고 말았다

아! 내가 왜 이러지
다음 차를 기다리면서
이 생각 저 생각
연식이 가져다주는 상실의 비애

건강한 삶을 위해

젊은 날에는
일을 마치고 집에 오면
쇼파에 몸을 기대기가 무섭게
두 눈이 스르르 감겨
깊은 잠 속으로 빠져들었다

지금은 엎치락 뒤치락 하다가
잠이 들면 수면시간이 길지 않아
가족들이 곤히 자고 있는 시간에 일어난다

잠이 보약이라고
어르신들이 하던 말씀이 떠오른다

잠을 잘 자는 것이
건강에 최고로 좋다는 것을 알고
나는 운동량을 늘린다

가급적이면 앉아 있는 시간을 줄이기 위해
산행과 산책 시장을 보기도 하고

목적 없는 길을 걸을 때도 많다

점점 쇠퇴해져 가는 몸
더 나빠지지 않게 하기 위해
적게 먹고 많이 운동을 해야한다

눈 내리는 새벽

이른 아침이다
털목도리를 목에 두르고
모자를 눌러쓰고
두꺼운 장갑을 끼고
완전무장하여 집을 나선다

밤새도록 눈의 요정이
산과 지붕위에 하얗게 내려
눈부시도록 아름다운 설경이다

인기척 없는 거리를 걸을 때
눈 내리는 소리가 사각사각
누군가 내 뒤를 따라오는 것만 같다

귀 문이 트이니 눈까지 밝아지고
발걸음을 옮길 때마다 마음도 가벼워져
젊음을 되찾은 듯 신나가 걷는다

고요한 밤 거룩한 밤 얼쑤
나이를 집에 두고 나온 것만 같다

11월의 아침

아침에 일어나
창문을 활짝 여니
쏴한 바람이 볼을 스친다

시리도록 파란 하늘에는
구름 한 점 없고
저만치에 자리 잡은 산새들이
하늘을 올려다보고 뭐라고 말한다

가을이 되니
가을 남자가 되어
바라보는 모든 것이 우울이라서
아내와 함께 벤치에 앉아 있어도
홀로인 것 같다

유중관 제4시집

인연의 징검다리

초 판 인 쇄 2022년 6월 20일
초 판 발 행 2022년 6월 25일

펴 낸 이 하옥이
지 은 이 유중관
펴 낸 곳 도서출판 책나라
등   록 제110-91-10104호(2004.1.14)
주   소 서울시 은평구 통일로 63길7, 1층 B호
           ㉤ 03375
전   화 (02)389-0146~7
팩   스 (02)389-0147
홈 페 이 지 http://cafe.daum.net/sinmunye
이 메 일 sinmunye@hanmail.net

값 10,000원

ISBN 979-11-92271-06-4 03810